LE MYSTÈRE
DU MOULIN

LUCIA CAVEZZALI

LE MYSTÈRE DU MOULIN

HURTUBISE
HMH

CAMÉLÉON

Données de catalogage avant publication (Canada)

Cavezzali, Lucia

    Le Mystère du moulin
    (Collection Caméléon)
    Pour les jeunes de 9 ans à 11 ans.
    ISBN 2-89428-533-7

    I. Titre. II. Collection.

PS8555.A877M97 2001   jC843'.6   C2001-940714-9
PS9555.A877M97 2001
PZ23.C38My 2001

Éditrice jeunesse : **Édith Madore**
Conception graphique : **Marc Roberge**
Illustration de la couverture : **Geneviève Després**
Mise en pages : **Andréa Joseph** [PAGEXPRESS]

Les Éditions Hurtubise HMH bénéficient du soutien financier des institutions
suivantes pour leurs activités d'édition :

– Conseil des Arts du Canada ;
– Gouvernement du Canada par l'entremise du Programme d'aide au déve-
  loppement de l'industrie de l'édition (PADIÉ) ;
– Société de développement des entreprises culturelles au Québec (SODEC) ;
– Programme de crédit d'impôt pour l'édition de livres du gouvernement du
  Québec.

© Copyright 2001, 2003
Éditions Hurtubise HMH ltée
Téléphone : (514) 523-1523 • Télécopieur : (514) 523-9969
www.hurtubisehmh.com

Distribution en France :
Librairie du Québec/DEQ
Téléphone : 01 43 54 49 02 • Télécopieur : 01 43 54 39 15
Courriel : liquebec@noos.fr

ISBN 2-89428-533-7

Dépôt légal : 3e trimestre 2001
Bibliothèque nationale du Québec
Bibliothèque nationale du Canada

Imprimé au Canada

LUCIA CAVEZZALI est née au Québec, à Val-David dans les Laurentides.

Après avoir complété des études collégiales en lettres françaises et en tourisme, elle se perfectionne en illustration et graphisme à l'Académie des Arts de Montréal. Elle est agente de bord pour une compagnie aérienne depuis plusieurs années.

Passionnée par la lecture, l'écriture et le dessin, Lucia est aussi fascinée par l'imagination des enfants. *Le Mystère du moulin* est son premier roman.

FAMILLE LEGRAND   **FAMILLE CASTONGUAY**

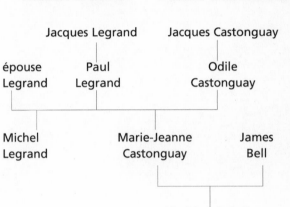

Jacques Legrand   Jacques Castonguay

épouse   Paul   Odile
Legrand   Legrand   Castonguay

Michel   Marie-Jeanne   James
Legrand   Castonguay   Bell

Mathieu C. Bell

À Frédéric et Nicolas
Et un gros merci à Carmelle

Enfin
les vacances!

J'ai fini ma 5ᵉ année hier. Je vous dis qu'il y avait de l'émotion dans l'air au moment de quitter l'école. Mais aujourd'hui, vive les vacances! Je jouis pleinement de mon premier matin de congé. Je pensais faire la grasse matinée, pourtant le soleil est à peine levé que j'ai des fourmis dans les jambes et une envie folle de commencer ma journée.

Je saute en bas du lit et m'habille en chantant un vieil air qui me passe par la tête. Même mon chat Gus semble me trouver bien matinale. Il n'en finit plus de bâiller et de s'étirer.

Je m'affaire à préparer mes bagages, car plus tard aujourd'hui, nous partons pour notre chalet de Val-du-Lac. C'est un petit village plutôt tranquille. Mais dès qu'arrive l'été, sa population augmente en raison des nombreux touristes qui remplissent les chalets tout autour du lac Émeraude. Ma meilleure amie Annie et sa mère Carole cohabiteront avec nous tout l'été. Mon copain Francis y passera aussi ses vacances avec son père. Ça va être génial !

J'adore cet endroit ! C'est là qu'Annie et moi nous nous sommes fait le serment d'être amies pour la vie. De plus, j'y trouve toujours de nouveaux personnages à espionner. Bon ! Maillot, shorts, jeans, casquette, cahier de notes, lampe de poche, mon toutou préféré et voilà, tout y est. Le plus long, c'est toujours d'attendre que tout le monde soit prêt. Je descends prendre mon petit déjeuner. Maman est déjà debout elle aussi.

— Bonjour !

Nous nous embrassons en nous souhaitant une bonne journée remplie de soleil. C'est notre tradition à elle et à moi.

— Tu es matinale pour un premier jour de congé, me dit-elle.

— Oui, je suis excitée d'être en vacances et mon estomac aussi, je pense. J'ai une faim de loup !

— J'ai justement préparé des fruits frais et du pain doré en espérant réveiller les paresseux qui dorment encore.

Miam ! Mon déjeuner préféré : deux tranches de pain doré recouvertes de bleuets et de fraises, arrosées de sirop d'érable et accompagnées d'un verre de lait bien froid. Un vrai repas de reine !

Papa et mon frère Simon finissent par se lever eux aussi et tout le monde s'affaire aux préparatifs. Je téléphone à Annie.

— Salut, ma vieille ! Alors, êtes-vous prêtes ?

— Presque, mais tu connais ma mère, Miss dernière minute… Les bagages sont terminés, mais il nous reste quelques courses à faire ce matin. On vous rejoindra là-bas vers la fin de l'après-midi. J'ai très hâte ! Crois-tu que Francis est déjà rendu ?

— Tiens, tiens, le beau Francis a encore son admiratrice!

— Oh! Je m'informais, c'est tout, se défend Annie.

— Je sais, je te taquine. On fera un tour chez lui ce soir, si tu veux. Alors à plus tard! Oh! Cette fois, assure-toi que ta mère a bien noté les indications!

— Ça, c'est sûr! À tantôt.

L'an dernier, Annie et sa mère s'étaient égarées et n'avaient pas trouvé notre chalet avant le milieu de la nuit. Mais maman nous avait prévenus:

— Carole n'a tellement pas le sens de l'orientation.

Puis elle nous avait raconté quelques souvenirs de voyages qu'elles ont faits ensemble, où elles ont vu bien du pays grâce à Carole et à ses détours.

Bon, tout est dans l'auto. Nous laissons Gus chez une de mes tantes et nous voilà en route. Il faut presque deux heures pour se rendre à Val-du-Lac. De temps en temps, nous posons des devinettes tous les quatre et le reste du trajet, je profite de mon baladeur !

« *Bienvenue à Val-du-Lac !* » Le panneau est fraîchement repeint. En traversant le village avec sa petite église et ses quelques commerces, nous regardons partout pour voir s'il y a eu des changements depuis notre dernière visite. Sur le chemin du lac se dresse le vieux moulin où habite Mme Castonguay, une vieille dame originale. Certains ont peur d'elle à cause de son caractère peu accueillant, mais moi je l'aime bien.

— Tiens, les volets du moulin sont fermés. C'est bizarre à ce temps-ci !

— Bon, Sherlock Holmes est déjà au travail ! s'exclame mon grand frère en m'ébouriffant les cheveux.

Nous longeons le lac où commencent à apparaître quelques chalets. Certains sont déjà occupés, d'autres, aux volets clos, attendent leurs occupants saisonniers. Le lac Émeraude doit son nom à la couleur du fond qui ressort sous les reflets du soleil. C'est très beau.

Enfin nous y sommes ! Je bondis hors de la voiture en respirant à pleins poumons l'air pur et frais. Mme Gendron nous attend sur le porche. Elle et son mari s'occupent de l'entretien de plusieurs chalets, dont le nôtre. C'est une dame un peu rondelette toujours de bonne humeur. Elle collectionne les potins à raconter sur tous et chacun. Moi, elle me fait rire et surtout, elle m'est d'une grande aide dans mes enquêtes ou mes jeux d'espionnage, car elle est au courant de tout et adore faire des confidences.

— Dis donc, tu as grandi, ma sauterelle ! me dit-elle en me collant un gros bec sonore sur le front.

Je me mords les lèvres pour ne pas rire, en attendant la suite que je connais d'avance.

— Et toi, mon grand crapaud, un vrai jeune homme à présent ! continue-t-elle en tirant une oreille à Simon qui lui répond avec un sourire forcé.

Elle se lance ensuite dans un résumé des événements survenus dans les derniers mois et nous fait, bien sûr, ses remarques personnelles sur les nouveaux locataires. J'apprends que nous avons un nouveau voisin, un certain M. Leconte, que M. Trudel est divorcé et déjà réinstallé avec sa voisine, que Mme Collin a finalement marié sa fille et bla, bla, bla. J'écoute d'une oreille distraite tout en rentrant les bagages, mais soudain un sujet capte mon attention.

— Mme Castonguay est décédée en mars dernier et depuis, on dit qu'il se passe des choses bizarres à son moulin. À croire qu'il est hanté par la pauvre vieille! Il y a des gens qui parlent de fortune ou d'héritage caché…

J'ai tout à coup très hâte de retrouver Annie et Francis. Il y a du mystère dans l'air, les vacances vont être intéressantes!

L'inconnu du lac

— Maman, je descends au lac. Si Annie arrive, dis-lui de me rejoindre sur le quai.

Je parcours le sentier qui mène au lac en caressant les arbres sur mon passage. J'ai l'impression de les connaître tous. On dirait qu'ils me saluent avec leurs branches. Ça sent bon. J'aperçois bientôt le lac. Les reflets du soleil le font briller de mille petites étoiles d'argent. Je ralentis soudain mon allure. Quelqu'un est assis sur notre quai. Je suis fâchée qu'un intrus se permette de s'y installer, car c'est mon petit coin préféré pour rêver ou réfléchir. Je n'ai pas la langue dans ma poche et je m'apprête à lui dire froidement qu'il est sur un terrain privé. J'avance d'un pas décidé,

mais un craquement de branche fait sursauter l'inconnu qui se retourne vivement.
C'est un garçon d'environ huit ans avec de
grands yeux bleus. Il semble effrayé et,
avant même que j'ouvre la bouche, il s'enfuit en courant à travers un sentier voisin.

Je m'assois quelques instants au bout du
quai et me trempe les pieds dans l'eau.
C'est agréable. J'aurais envie de nager un
peu, mais la consigne est très stricte : ne
jamais aller à l'eau seule. J'essaie de me
laisser aller à la rêverie, mais quelque
chose me tracasse. Qui est ce garçon ? J'ai
l'impression de connaître son visage. Et
pourquoi s'est-il enfui ?

Je remonte vers la maison, toujours
absorbée dans mes pensées. À ma grande
surprise, l'auto de Carole est déjà dans la
cour et Annie vient à ma rencontre avec un
large sourire.

Dans la soirée, assise sur le perron chez
Francis, je fais part à mes amis des révéla-
tions de Mme Gendron et de ma rencontre

au lac. Boff, le gros chien de Francis, nous écoute et passe de l'un à l'autre pour se faire caresser les oreilles et avoir un peu d'attention.

Je suis contente de retrouver mes amis. Nous terminons la soirée en nous racontant des mésaventures qui nous sont arrivées durant l'année scolaire, tout en riant des imitations que Francis fait de ses enseignants. Bon, il est tard et nous devons rentrer. Ça me fait sourire de voir mon vieux copain d'enfance rougir devant le doux regard d'Annie. Francis et moi, nous nous connaissons depuis toujours, car nos parents sont de vieux amis. Notre amitié a grandi avec les années et nous sommes comme frère et sœur, mais je me rends bien compte qu'il y a un petit quelque chose de différent entre Annie et lui. Ce n'est pas pour rien que moi, ce soir, je porte ma vieille casquette à l'envers mais qu'Annie, elle, a pris le temps de se coiffer...

Ce matin, je dois aller chercher du lait à l'épicerie. En contournant la maison pour prendre mon vélo, j'ai l'impression d'être observée. Mine de rien, je fais semblant de vérifier l'état de mes pneus et j'en profite pour jeter un coup d'œil derrière moi. Une tête blonde ébouriffée disparaît dans les buissons. Je le reconnais aussitôt, c'est l'inconnu du lac!

— Salut! Je m'appelle Marika. Et toi?

Mon espion démasqué se sauve en courant dans la maison d'à côté. Je remarque une vieille camionnette dans l'entrée.

Annie vient me rejoindre.

— Je t'accompagne, dit-elle en enfourchant son vélo.

Le village est à dix minutes du chalet. À mi-chemin se dresse le moulin. Le gazon n'a pas été coupé depuis un bon moment. Je ralentis l'allure.

— Annie, arrête-toi! Je veux jeter un coup d'œil au moulin.

Tout est silencieux. Avant, personne ne pouvait s'approcher du bâtiment sans faire japper le vieux Jules de Mme Castonguay.

— Je me demande ce que cachent ces vieilles pierres, dit Annie.

— Il y a peut-être une ouverture par où on pourrait entrer. Il faudrait revenir avec Francis et Boff cet...!

Je ne termine pas ma phrase et mon sang se glace un instant dans mes veines. Je tire mon amie par le chandail en lui faisant signe que nous devons partir. Annie est blanche comme un drap et je comprends qu'elle a vu la même chose que moi. Nous pédalons à toute allure jusqu'au village. Assises sur le perron du dépanneur pour reprendre notre souffle, nous partageons nos peurs.

— Le rideau a bien bougé? Tu l'as vu, toi aussi?

— Mais oui, j'ai vu une ombre derrière. Et s'il y avait vraiment un fantôme?

— C'est ce qu'on va tenter de découvrir.

Je suis surexcitée. Une vraie enquête! Nous devons rejoindre Francis au lac dans une heure. Il nous faut un plan. Mon cerveau fait du cent à l'heure. Par où commencer? À ce moment, mon regard se pose sur une pile de journaux à l'entrée du dépanneur. Mais oui! J'entraîne Annie jusqu'à la bibliothèque municipale. C'est tout petit, mais on y trouve un bon choix de livres. Le bibliothécaire, M. Samson, prend son travail très au sérieux; selon lui, chaque livre est un trésor. Je lui demande s'il garde ici les journaux locaux des mois précédents.

— Bien sûr, c'est l'histoire de notre village, me dit-il en ouvrant un grand classeur.

Il nous laisse regarder à notre guise en allant répondre à quelqu'un d'autre.

— Bon, mars... Ils doivent bien mentionner la mort de Mme Castonguay. Ça y est! Un article avec une photo de la défunte et de son moulin.

Alors que je regarde la photo de plus près, une lueur jaillit dans mon esprit. Son regard, la forme de son visage, mais oui!

— Annie. L'inconnu du lac, il ressemble à Odile Castonguay!

Nous lisons rapidement l'article : «*...la mort subite de M*^me *Castonguay demeure un mystère pour la police. Selon le notaire Rondeau, M*^me *Castonguay laisse un héritage considérable à son petit-fils, Mathieu Castonguay Bell. Toutefois, la fortune en question demeure introuvable. L'accès au moulin est interdit jusqu'à ce que l'affaire soit résolue. Le vieux moulin cacherait-il un trésor?*»

— Ça alors! J'aimerais bien en savoir plus! s'exclame Annie. Tu crois que ton voisin est Mathieu C. Bell?

— C'est bien possible. Il va falloir le vérifier.

De retour au chalet, nous courons enfiler nos maillots de bain.

— Et le lait? me crie maman en me voyant passer comme une bombe.

Oups! Le lait! J'ai complètement oublié. Je reviens sur mes pas l'air penaud.

— Heu... Je...

— Bon, ça va, j'ai compris, dit maman avec un petit sourire en coin, papa ira plus tard.

Au moment où nous sortons, mon père nous interpelle. Un jeune homme l'accompagne.

— Hé! Les filles! Je vous présente Paulo. M. Gendron l'a engagé pour faire des travaux d'entretien cet été. Vous allez sûrement le croiser quelques fois. Il est sourd et muet, mais peut très bien lire sur vos lèvres. Alors attention à vos petits secrets, ajoute-t-il en riant.

Nous échangeons une poignée de mains avec lui et descendons le sentier qui mène au lac.

— Il a l'air gentil, Paulo, commente Annie.

— Ouais... As-tu vu le tatouage sur son poignet?

— Oui, une salamandre. Ça lui fait comme un bracelet.

Simon et deux de ses amis sont déjà à l'eau et Francis s'est joint à eux. Boff vient à notre rencontre en aboyant joyeusement. La première baignade de l'été ! L'eau est bonne. Le tour du lac est déjà plus animé qu'hier. Des éclats de voix et des rires se font entendre un peu partout.

Mathieu
C. Bell

Assises au soleil pour nous sécher, nous racontons à Francis notre expédition de ce matin et avec lui, nous essayons de décider des prochaines étapes à suivre.

— Il va falloir retourner au moulin, ça, c'est sûr. Et peut-être faire le guet à différentes heures pour voir si quelqu'un y entre ou en sort, propose Francis.

— J'aimerais savoir si mon voisin est vraiment Mathieu C. Bell. Je me demande aussi pourquoi il semble si effrayé, dis-je. Il faudrait réussir à lui parler.

Une sonnerie de clairon nous fait lever la tête. C'est la façon de papa de dire : « À table ! » Nous mangeons à l'extérieur. Hot-dogs sur le barbecue ! Miam !

Je remarque que la vieille camionnette n'est pas dans l'entrée voisine et que mon espion est assis sur les marches. Je m'approche doucement de la haie en espérant qu'il ne se sauve pas encore une fois. Je cherche ce que je pourrais lui dire pour le mettre en confiance.

— Tu veux un hot-dog ? est la première phrase qui me vient à l'idée.

Il semble très hésitant et me fait un signe affirmatif de la tête. Il s'approche doucement.

— Mon oncle m'a défendu de sortir du terrain, m'annonce-t-il, l'air sur ses gardes.

— Mais ton oncle n'est pas là ?

— Nnnon...

— Alors, je peux te l'apporter et il n'en saura rien.

Je me dépêche d'aller chercher deux hot-dogs et des *chips*. Annie et Francis me font un sourire complice auquel je réponds en croisant mes doigts. Je m'assois dans l'herbe avec le garçon. Il mange avec tant d'appétit que je n'ose pas ouvrir la bouche avant qu'il ait terminé son repas. Boff, qui m'a suivie, est couché dans l'herbe, la tête sur les pieds du garçon. Il espère bien recevoir une bouchée, mais c'est dommage pour lui, il ne reste pas une miette.

Je remarque un peu de gaieté dans le regard bleu qui fixe le gros chien.

— Il s'appelle Boff et adore se faire gratter les oreilles, dis-je. Toi, serais-tu Mathieu Castonguay Bell?

— Oui… Comment sais-tu mon nom?

— Je connaissais Mme Castonguay, qui habitait le moulin.

— C'était ma grand-mère Odile. Elle aussi avait un chien. Il s'appelait Jules, dit-il en tendant la main vers le museau humide. Mais quand elle est… disparue, mon oncle n'a pas voulu que je le garde. Les yeux du garçon s'assombrissent de nouveau. Je continue de le questionner au sujet de sa grand-mère. Je constate rapidement que sa description de Mme Castonguay est bien différente de ce qu'elle laissait croire aux gens

LE MYSTÈRE DU MOULIN

d'ici. Mathieu semble me faire confiance et continue ses confidences.

— Je voulais venir habiter avec elle cette année. Elle était drôle. Elle m'écrivait toujours en code secret et m'inventait des tas d'histoires.

— Mais, tes parents?

— Ils sont morts il y a un an et depuis, j'habite avec Maurice, un ami de mon père avec qui il faisait de l'archéologie. Mes parents ont eu un accident d'avion en allant faire une fouille au Mexique et on ne les a pas retrouvés. Après leur disparition, Maurice s'est présenté au notaire comme étant mon oncle avec un papier signé par mes parents qui me confiaient à lui si quelque chose leur arrivait. Il me fait peur, surtout quand il boit. Il dit que ma grand-mère est une chipie et qu'elle a caché de l'argent juste pour le faire enrager. C'est pour ça qu'on est ici en ce moment; il a des choses à régler.

— Écoute, Mathieu, mes amis et moi on va t'aider si tu es d'accord, mais tu ne dois rien dire à ton oncle. Pas maintenant en tout cas.

Il me fait signe que oui de la tête et sort de sa poche un papier tout fripé et usé à force d'avoir été plié et déplié.

— La dernière fois que j'ai vu ma grand-mère, elle m'a dit qu'elle m'aimait beaucoup et m'a serré très fort; puis elle m'a remis une enveloppe sur laquelle était écrit «*SECRET*». Elle m'a dit : «Quand tu viendras l'été prochain, nous ferons une chasse pour trouver un vrai trésor. Cette enveloppe contient les codes de l'énigme. Mais n'en parle pas à oncle Maurice. Ce sera notre secret.»

— Et qu'est-ce qu'il y avait dans l'enveloppe ?

— Une petite lettre avec un message codé et un dessin, mais je ne comprends pas ce qu'il signifie, dit-il en me tendant le papier.

Sur la feuille, je vois une illustration qui représente le moulin et tout ce qui l'entoure. Je lis ensuite la lettre :

Cher Mathieu,
Voici une énigme un
car elle te conduira
paré pour toi
...tefois

Cher Mathieu,

Voici une énigme un peu particulière, car elle te conduira jusqu'au trésor que j'ai préparé pour toi. Tu sais, je t'en ai déjà parlé. Si toutefois tu n'y arrivais pas, consulte le notaire Rondeau à Val-du-Lac, c'est un bon ami à moi. Et surtout, méfie-toi de ce «dragon» de Maurice!

Odile qui t'aime XXX

☉20✳7⊠9☉19

✳☉⊠19-7✳14, 13☉ 7-13✳5-9☉8-25★ ☉24 13⊠8-8☉23,

✳7 8✳9☉5✳ ★9-7 ✳★ ☉8

☉19-24✳24 ✳15 ☉15-24 ✳23 ☉9☉7-8Ⓐ14.

— Que dit le message codé? Je ne comprends rien aux symboles et aux chiffres.

— C'est facile! répond Mathieu. Je t'explique. Les dessins remplacent les voyelles : ✳ = a; ☉ = e; ✉ = i; ★ = o; ✳ = u; ⊕ = y. Les lettres sont ensuite numérotées de 1 à 26, mais à partir de la fin (a=26; b=25, etc.). De plus, les mots sont écrits à l'envers. J'ai écrit la réponse à l'endos de la feuille, m'annonce-t-il, fier de me montrer quelque chose. Je lis alors :

Héritage

Mathieu, en observant ce dessin, tu trouveras où se cache la clé du mystère.

— Veux-tu me laisser la lettre ? Je vais l'examiner et tâcher de comprendre quelque chose à tout ça.

Mathieu me fait un rapide sourire et je vois un peu d'espoir dans ses yeux. Je lui promets de revenir bientôt et je cours rejoindre mes deux amis qui terminent leur repas, le regard plein de questions.

Assis dans l'herbe, Annie, Francis et moi examinons le message et le dessin à tour de rôle. Rien ne semble avoir l'air d'un indice et voilà que tout à coup, la solution me saute aux yeux.

— Ça y est, j'ai compris! Enfin, je crois. Regardez la boîte aux lettres, sur le dessin. Le petit drapeau est levé pour indiquer que la poste est passée. C'est génial! Il y a sûrement quelque chose dans la boîte aux lettres. Il faut absolument aller voir ce soir si j'ai raison.

La clé
du trésor

À la tombée de la nuit, Annie et moi sortons discrètement pour retrouver Francis qui nous attend avec Boff sur le bord du chemin. Nous avons décidé d'aller à pied au moulin pour ne pas attirer l'attention.

Le silence de l'endroit et la noirceur n'ont rien de rassurant. Francis tient la main d'Annie qui tremble comme une feuille et moi, je retiens Boff par son collier.

— Chut! Baissez-vous! dit Francis tout à coup.

Nous apercevons alors une lueur qui se déplace à l'intérieur du moulin.

— Le fantôme! s'étrangle Annie.

— Ou quelqu'un qui cherche quelque chose, dis-je à mon tour.

Soudain, Boff dresse les oreilles et s'échappe. Il bondit vers le moulin en aboyant, puis disparaît dans la pénombre. Nous retenons notre souffle. La lumière s'est éteinte et le chien n'aboie plus. Quelques instants plus tard, Boff revient tout joyeux. Qu'est-ce qui s'est passé? Pourquoi a-t-il cessé de japper? Nous n'osons plus bouger. Enfin, tout est redevenu silencieux.

— La boîte aux lettres est là, chuchote Francis en la pointant du doigt.

Je m'en approche seule tandis que les autres font le guet. Je n'ose pas allumer ma lampe de poche. Je glisse ma main à l'intérieur. Rien. Déçue, je tâtonne le fond et les parois. Je sens enfin comme la tête d'un gros clou. J'appuie, mais rien ne se produit. Je tire dessus et tout à coup une planchette se soulève, dégageant une ouverture dans le fond de la boîte. J'y glisse les doigts et j'attrape une enveloppe que je fais rapidement disparaître dans ma poche.

De retour à la maison, Annie et moi restons assises sur nos lits à discuter de tous les événements de la journée, en essayant d'y mettre un peu d'ordre. Nous mourons d'envie d'ouvrir la mystérieuse enveloppe bleue, mais il faudra patienter jusqu'à demain puisqu'elle appartient à Mathieu.

Le lendemain matin, Annie et moi avalons notre petit déjeuner en vitesse et sortons au plus vite pour retrouver Mathieu. Ah zut! La camionnette est revenue. Il faudra bien trouver un moyen de communiquer avec lui sans attirer l'attention de son oncle. À ce moment, un homme sort de la maison, les cheveux en bataille et la barbe mal rasée; il porte un sac sur l'épaule et part à pied en direction du village. Où peut-il aller? L'espionne en moi est intriguée et veut le suivre. Je fais signe à Annie de m'accompagner sans faire de bruit.

À proximité du moulin, l'homme s'arrête, jette un regard autour de lui pour s'assurer qu'il n'est pas suivi et bifurque dans un sentier qui mène à l'arrière de la bâtisse. Accroupies dans les hautes herbes, nous nous faisons toutes petites de peur qu'il nous remarque. Quand nous relevons la tête, au bout d'un moment, il a disparu.

— Mais où est-il passé ? murmure Annie.

— Il nous a peut-être vues et se cache. Partons. On reviendra plus tard voir où mène ce chemin. Pour l'instant, profitons-en pour remettre la lettre à Mathieu.

Au retour, nous croisons une femme à l'allure bizarre. Elle porte un chapeau et d'énormes verres fumés. Annie me chuchote à l'oreille qu'elle l'a vue plusieurs fois rôder autour du chalet où habite Mathieu et qu'elle lui trouve un air louche.

Son chien, qu'elle tient en laisse, se met à s'agiter dès qu'il passe près de moi, comme s'il me connaissait. Elle le ramène rapidement vers elle sans s'arrêter. Vu son accoutrement, il est difficile de lui donner un âge et son chien a quelque chose d'étrange lui aussi.

Mathieu, qui est assis sur les marches, se lève à notre approche. Je lui remets la lettre. Il ouvre l'enveloppe rapidement. Elle contient une petite clé dorée et un autre message codé.

— Attention, Maurice revient! crie Annie qui fait le guet.

— Garde tout ça pour moi, dit Mathieu. On se reparle dès que possible.

Et il disparaît dans la maison. Francis nous rejoint quelques instants plus tard et tous les trois, assis dans ma chambre, nous tentons de décoder le nouveau message.

✉24✉★ 5 ✳15 ☉15-24 ☉23 13★14 9★8☉9-7

✳ ✳☉✉19-7✳14 24. 15-15☉25 ☉15-15☉ 7-13☉✉7-9✳11-11✳

13✳ ☉9-5✉15 13☉✉24-13✳ ☉23 ✳14 ☉✳10☉19-7★✉15-25✉25

✉✳15 13☉ ✳9☉✳10✉23-13✉ ☉15 13✉14☉19-24

Grâce au code que nous a expliqué Mathieu, la solution nous apparaît rapidement. Nous pouvons lire :

Voici la clé de mon trésor
À Mathieu C. Bell elle appartient
Un livre ancien de ma bibliothèque
Lui en indiquera le chemin

— Ce n'est pas très précis comme explication, constate Annie.

— En effet, répond Francis. Si on pouvait trouver un moyen de pénétrer à l'intérieur du moulin. La réponse est sûrement là.

— On doit peut-être passer par le sentier que l'oncle Maurice a emprunté l'autre jour, dis-je à mon tour. J'ai l'impression que ce cher oncle n'est pas très honnête et qu'il cherche à mettre la main sur l'héritage de Mathieu. L'important, c'est qu'on y arrive avant lui.

Nous décidons de nous séparer pour l'après-midi et d'essayer de trouver quelque chose chacun de notre côté. Nous nous donnons rendez-vous sur le quai, à quinze heures.

Je me rends chez Mme Gendron pour en savoir plus au sujet de la dame aux verres fumés.

— Ah ! ma sauterelle ! Toujours en train d'espionner et de chercher des mystères. C'est Mme Quentin. Elle a loué le petit chalet qui se trouve derrière le vieux moulin. Je sais qu'elle s'intéresse aux archives du village et qu'elle n'adresse la parole aux gens que pour le strict nécessaire. C'est une écrivaine. Elle dit que le moulin lui inspire des idées pour son prochain livre. Peux-tu t'imaginer ? Un roman qui se passe à Val-du-Lac !

Mme Gendron continue ses commentaires, mais je ne l'écoute plus. Je ne crois pas un mot de cette histoire d'écriture et d'inspiration et je me demande ce que cette dame cherche en réalité.

À l'heure convenue, je retrouve Annie et Francis au bord de l'eau. Je leur fais part de mes informations. C'est ensuite le tour d'Annie.

— Je suis allée consulter les archives à la mairie sans trop savoir ce que je cherchais au début. J'ai d'abord appris que le moulin a servi de repère à des espions étrangers pendant la Deuxième Guerre et qu'il y aurait des passages secrets à l'intérieur. Il a ensuite appartenu à un comte français, un dénommé Legrand, qui est venu finir ses jours ici. C'était un passionné d'objets antiques et sur les armoiries de sa famille, on voit un dragon qui crache du feu et qui protège une colombe sous son aile. À sa mort, il a légué le moulin à M. Jacques Castonguay, le père d'Odile, avec qui il s'était lié d'une grande amitié. De plus, il aurait déshérité son fils, Paul Legrand, pour des raisons personnelles. Par la suite, Odile Castonguay a hérité du moulin de son père.

Francis, pour sa part, nous apprend les circonstances de la mort de Mme Castonguay.

— Une voisine venant la saluer l'a trouvée sans vie sur le plancher de sa cuisine, avec le récepteur du téléphone dans les mains, comme si elle avait voulu demander de l'aide. La police enquête. Dans son testament, qui est chez le notaire Rondeau, il manque la dernière page. Mathieu est le seul héritier, mais pour réclamer son héritage il doit présenter cette page dans un délai de trois mois après la mort de sa grand-mère. Le notaire a en sa possession une enveloppe scellée qu'il doit ouvrir après cette date afin d'avoir plus d'explications sur ce fameux héritage.

— Comment as-tu appris tout ça? demande Annie avec admiration.

— Par mon père. Tu sais qu'il est policier. Il a bien voulu me faire part de ces renseignements. Comme cette histoire est un peu compliquée et qu'il leur manque des détails, les enquêteurs accepteraient volontiers de l'aide si quelqu'un avait un indice à leur fournir. Le délai se termine dans trois jours. Ils espèrent trouver des réponses à leurs questions dans cette enveloppe qui est chez le notaire.

Je note dans mon petit calepin d'espionne tous ces nouveaux détails afin d'y mettre un peu d'ordre et de comprendre où tout ça peut nous mener. Odile adorait faire des énigmes pour son petit-fils, mais cette fois, elle ne pouvait probablement pas avoir la certitude qu'il pourrait la résoudre. Je suppose que le notaire Rondeau détient la réponse. Mathieu ne semble pas savoir que le temps est limité et qu'il doit fournir la page manquante, puisqu'il ne m'a rien mentionné à ce sujet. Maurice le tient peut-être dans l'ignorance pour pouvoir trouver le papier lui-même et s'approprier ses biens. Encore une chance que Mathieu n'ait pas montré l'énigme à son oncle.

— Bon, je vous laisse, dit Francis. Je dois aller au village. Vous avez besoin de quelque chose ?

— Pas vraiment... Mais si tu insistes, une petite gâterie de chez Raoul ne serait pas de refus.

M. Raoul est le propriétaire d'un dépanneur qui semble être figé dans le temps. Tout y est vieux et, sur son comptoir, il garde de gros bocaux remplis de bonbons comme autrefois.

— À plus tard! lance Francis en s'éloignant.

Le dragon
et le notaire

Annie et moi discutons, étendues au soleil, quand Francis revient, une heure plus tard, rouge et essoufflé d'avoir pédalé à toute vitesse. Il se laisse tomber sur l'herbe.

— Qu'est-ce qui t'arrive ? demande Annie.

— Maurice... dans son cou... le dragon et la colombe, je l'ai vu... Legrand.

— Quoi ? Je ne comprends rien à ton charabia. Reprends ton souffle et recommence, en français, s'il te plaît.

Francis prend une bonne inspiration et nous explique :

— Au village tout à l'heure, j'ai fait face à l'oncle Maurice sur le trottoir. Il a échappé ses clés et je me suis penché en même temps que lui pour les ramasser. C'est là que j'ai vu dans son cou un médaillon représentant un dragon avec une colombe sous son aile. Le symbole de la famille Legrand. Je me suis souvenu du message qui dit à Mathieu de se méfier de ce « dragon » de Maurice. Maurice est peut-être un Legrand et pour je ne sais quelle raison, il cache sa véritable identité.

Les choses commencent à prendre un sens. Je sors les deux messages.

— « Dragon de Maurice » pourrait signifier qu'il est un Legrand. Mais alors, comment se fait-il qu'il ait la garde de Mathieu ?

— Et ses initiales, continue Francis, sont M. L. pour Maurice Leconte, mais elles pourraient représenter M. Legrand.

— Et il utiliserait Leconte comme nom de famille au lieu de monsieur le Comte ! renchérit Annie.

— Wow ! c'est génial ! Tout commence à s'enchaîner. Récapitulons :

1. Les parents de Mathieu disparaissent dans un accident.

2. Mathieu est confié à son « supposé » oncle Maurice.

3. Odile Castonguay meurt mystérieusement.

4. Mathieu est son seul héritier.

5. Il manque une page au testament et c'est Mathieu qui doit la trouver. Il ne lui reste que trois jours pour y arriver.

6. Il y a aussi cette Mme Quentin, qui semble louche. Cherche-t-elle l'héritage ?

7. Et quelqu'un s'introduit dans le moulin ; on l'a surpris à deux reprises.

— L'oncle Maurice, propose Annie.

— Pas sûr. L'autre soir, quand on est sorties pour aller chercher la lettre, j'ai remarqué que la camionnette arrivait dans l'entrée voisine. Il ne pouvait donc pas être au moulin avant nous. Mais il y avait bien quelqu'un à l'intérieur et Boff semblait le connaître puisqu'il a cessé d'aboyer. Si Maurice est un Legrand, il doit en vouloir à l'héritage de Mathieu et ce dernier est peut-être en danger. Rappelez-vous que Jacques Legrand a déshérité son fils. D'ailleurs, j'aimerais bien savoir pourquoi.

— Et si on allait consulter le notaire Rondeau? suggère Annie. Après tout, il était l'ami d'Odile, il va sûrement vouloir nous aider.

Nous tombons vite d'accord et c'est moi qui suis chargée de cette mission pour le lendemain.

L'étude du notaire Rondeau se trouve à l'entrée du village. Je sonne. Sa secrétaire vient répondre; elle me demande mon nom et m'invite à m'asseoir dans la salle d'attente. Je feuillette distraitement un magazine. La porte du bureau est entrouverte et des éclats de voix d'hommes parviennent jusqu'à moi. Le ton de la conversation ne semble pas très chaleureux. Je tends un peu l'oreille, mais ce que j'entends capte soudain toute mon attention.

— … trouvé au moulin?…

— non… vieille chipie… bien caché… butin.

Le ton monte un peu et ça me permet d'entendre plus clairement la suite.

— Si tu pouvais te décider à ouvrir l'enveloppe, ça irait pas mal plus vite.

— Je t'ai dit que je ne peux pas avant la date prévue. En attendant, continue de chercher.

— Ouais. Il va falloir trouver un moyen de se débarrasser du petit…

Les deux interlocuteurs ont baissé la voix et je n'arrive pas à entendre le reste. Peu après la porte s'ouvre et le visiteur se dirige rapidement vers la sortie. Je suis figée sur ma chaise. L'oncle Maurice! Le notaire serait de connivence avec lui? On ne peut donc pas lui faire confiance.

Je me dirige discrètement vers la sortie quand la secrétaire m'interpelle.

— Ne partez pas, mademoiselle, c'est votre tour.

Zut alors! Impossible de m'en tirer. On dirait que mes pieds pèsent une tonne…

Qu'est-ce que je vais bien pouvoir dire au notaire ? Ce dernier me fait signe d'entrer.

C'est un petit homme maigre, en veston et cravate. Je l'ai déjà croisé quelques fois et il ne m'a jamais paru sympathique. Il donne l'impression de toujours tomber de la lune. À travers ses épaisses lunettes, ses yeux semblent minuscules. D'un ton aimable, il m'invite à m'asseoir dans un fauteuil en cuir noir.

— Alors, Marina ?

— Non, Marika.

— Heu oui, Marika. Qu'est-ce que je peux faire pour toi ?

— Voilà. Vous connaissiez bien Odile Castonguay, n'est-ce pas ?

— Oui, cette chère Odile… dit-il en appuyant la tête contre son dossier.

Il semble perdu dans ses pensées pour quelques instants et sursaute en s'apercevant que je suis toujours devant lui.

— Désolé, dit-il en se redressant. Que disais-tu, Maria ?

— Marika. « Il m'énerve. » Je parlais de Mme Castonguay. Avez-vous réussi à rejoindre son petit-fils Mathieu ? ou peut-être son tuteur ?

M. Rondeau semble un peu surpris par ma question et deux gros plis se forment au centre de son front.

— C'est parce qu'hier en jouant à la chasse au trésor avec mes amis, près du moulin, j'ai voulu cacher un objet dans la boîte aux lettres de Mme Castonguay et j'y ai trouvé une enveloppe adressée à Mathieu C. Bell. J'aurais aimé pouvoir la lui remettre. C'est peut-être à propos du trésor du vieux moulin ? dis-je d'un ton plein de sous-entendus.

Le notaire tripote son crayon d'un geste nerveux.

— Foutaise que cette histoire de trésor. À part ce vieux tas de pierres, la pauvre Odile ne possédait pas grand-chose.

« Menteur », me dis-je, « ce n'est pas ce que disait l'article du journal qui parlait d'un héritage considérable. »

— Je ne crois pas non plus que vous devriez jouer autour du moulin en ce moment. Tu peux me donner cette lettre. Je ferai le nécessaire pour qu'elle soit remise à son destinataire. Mais je suis certain que cette banale histoire d'héritage sera réglée sous peu…

— Heu… Je n'ai pas l'enveloppe avec moi. Je me demandais juste si vous saviez comment rejoindre ce Mathieu, car j'aurais aimé la lui remettre moi-même. Il doit se sentir bien seul sans ses parents ni sa grand-mère.

— Oui, bien sûr, répond le notaire avec un sourire forcé. Il vaudrait mieux que tu me la remettes à moi parce que légalement, cette lettre appartient à Mathieu et tu risques de t'attirer des ennuis.

Le petit homme est déjà debout et me guide vers la sortie. Il semble soudain avoir hâte que je m'en aille. Je fais semblant d'être effrayée et je m'empresse de lui promettre de revenir lui porter la lettre.

«Compte sur moi, mon coco, tu ne me reverras pas de si tôt!»

Ouf! Me voici enfin dehors. Je rejoins rapidement Annie et Francis qui m'attendent dans le parc.

— Tu en as mis du temps! s'exclame Annie.

Je leur raconte en détail ma visite.

— Ça alors, ils sont donc complices! Dire qu'elle le croyait son ami.

— Oui, belle amitié! Il n'y a plus de temps à perdre, il faut absolument trouver ce qu'Odile a caché pour Mathieu avant la date limite.

Francis propose de profiter de l'absence de son père, parti pour quelques heures, et de se servir de son ordinateur.

— Il est relié à l'ordinateur central de la police puisqu'il consulte parfois des dossiers lorsqu'il travaille à domicile.

— Géniale, ton idée, mon petit Francis! Il faut essayer de mettre le nom de Maurice et voir ce qu'on peut apprendre.

Et l'expert en informatique, ici, c'est mon frère Simon. À quinze ans, il est un génie de la souris et du clavier. Je sens que je vais me retrouver à faire toutes ses corvées de la semaine, mais ça en vaut la peine.

Simon se fait un peu prier, mais il accepte. Nous essayons d'abord « Maurice Leconte », sans succès. Puis au nom de Legrand apparaît :

Legrand Michel, 34 ans
Arrêté pour fraude et vol d'objets d'arts
Condamné à trois ans de prison

Il y a aussi une photo. Il est très reconnaissable, mal rasé et les cheveux ébouriffés.

— Satisfaite ? me demande mon frère.

Je lui fais une grosse bise sur la joue en guise de réponse.

Après le souper, je suis de corvée de vaisselle avec mon père et j'en profite pour lui poser quelques questions qui m'intriguent.

— Dis, papa, Mme Castonguay n'était pas mariée, hein ?

— Non.

— Mais elle avait une fille ? Qu'est-ce que tu sais de son histoire ?

— Oh, ce que tout le monde en sait. La pauvre Odile a eu un gros chagrin d'amour. Elle aimait un certain Paul Legrand, une crapule, à ce qu'il paraît, de qui elle est tombée enceinte. Au milieu de sa grossesse, il l'a abandonnée et a épousé quelqu'un d'autre. Jacques Legrand, le père de Paul, était un grand ami de M. Castonguay. Il a déshérité son fils à la suite de ces événements. Il a légué le moulin et une partie de sa fortune à son ami pour s'assurer que le tout reviendrait ensuite à Odile et à sa fille. Pourtant, je crois qu'elle ne s'est jamais remise de sa peine d'amour. J'ai connu sa fille, Marie-Jeanne. Une chic fille. Elle a marié un archéologue, James Tell ou Bell, je crois. Et voilà l'histoire.

— Merci, papa. Penses-tu que la vaisselle peut finir de sécher à l'air ?

Je suis dehors avant même d'entendre la réponse. Je dois prendre des notes dans mon cahier et faire part aux autres de ce que je viens d'apprendre.

Alors, Maurice Leconte ou plutôt Michel Legrand serait le fils de Paul Legrand et vraiment l'oncle, ou le demi-oncle de Mathieu. Mais je suis certaine que jamais on ne lui aurait confié la garde de Mathieu. Et s'il y avait un rapport entre la disparition de ses parents et celle de sa grand-mère ? Mathieu serait donc lui aussi en danger. Il faut faire vite !

Nous terminons la soirée en faisant griller des guimauves autour d'un feu de camp. Nous nous donnons rendez-vous le lendemain matin. Nous avons l'intention d'aller à l'intérieur du vieux moulin et d'accéder à la bibliothèque. Je fais un salut de la main à Paulo qui s'affaire à ranger des outils dans la remise de mon père. Ce doit être bien triste de ne rien entendre de ce qui se passe autour de soi.

Les secrets
du moulin

Levés avant le soleil, nous marchons sans bruit vers le moulin en espérant cette fois qu'il n'y ait personne à l'intérieur. Nous suivons le sentier emprunté l'autre jour par l'oncle Maurice. Annie, qui nous précède d'une dizaine de pas, bute soudain sur quelque chose. Elle nous appelle :

— Venez voir !

Une poignée en métal un peu rouillée est dissimulée dans le gazon. Francis la tire et soulève une trappe qui donne accès à un passage souterrain. L'un derrière l'autre, nous descendons lentement, éclairés par ma lampe de poche. Nous atteignons bientôt une petite pièce du sous-sol. La porte qui mène au reste de la bâtisse n'est pas barrée. Le crochet qui en défendait l'entrée a été arraché. Nous faisons rapidement le tour de la maison. L'endroit est mystérieux et les meubles recouverts de longs draps blancs accentuent la sensation que le temps s'est arrêté. Sur le mur de la bibliothèque, une peinture, représentant Mme Castonguay, est accrochée.

— On dirait qu'elle nous observe, constate Annie en frissonnant.

— C'est vrai que son regard est dérangeant.

Je m'approche et je me lève sur la pointe des pieds pour l'examiner de plus près. Elle est assise avec un livre sur les genoux. Il a une belle reliure en cuir rouge avec un lettrage doré.

— C'est peut-être le livre dont parle le message ! s'exclame Francis.

À partir de ces indices, nous cherchons sur les tablettes un bouquin qui pourrait lui ressembler. Hélas ! au bout de quelques minutes, nous devons conclure qu'il ne se trouve pas dans la bibliothèque.

— On a dû se tromper! soupire Annie en se laissant tomber dans un gros fauteuil face à la cheminée.

— Hé! Attendez! ajoute-t-elle en fixant le tableau. Regardez le fauteuil dans lequel Odile est assise. Il n'est pas ici. Peut-être que dans son message le mot bibliothèque désigne plutôt un meuble. Si on allait voir dans sa chambre?

— Bonne idée, ma chère Watson, dis-je en essayant de ne pas montrer que je commence à avoir des frissons. Je ne crois pas aux fantômes mais...

— Je peux vous attendre ici et faire le guet, propose Francis sur un drôle de ton.

— Tu as peur?

— Non, non, c'était seulement une suggestion.

Collés les uns aux autres, nous allons jusqu'à la chambre. Il fait sombre et Francis ouvre le rideau. Annie me regarde, nous pensons exactement la même chose. Les autres fenêtres de la maison ont des volets. Il y avait donc quelqu'un dans cette pièce l'autre jour quand nous avons vu le rideau bouger.

— Dépêchons-nous, supplie Annie.

Mon amie a vu juste. À droite du lit il y a un gros fauteuil et une petite bibliothèque.

— Le livre ! Il est là ! s'écrie-t-elle.

Francis et moi l'apercevons à notre tour, coincé entre un vase et un chandelier. D'un bond, Annie s'en empare, fière de sa découverte. En l'ouvrant pour feuilleter les pages, nous trouvons une enveloppe bleue sur laquelle est écrit : Mathieu.

— Wow ! C'est Mathieu qui va être content.

— Partons maintenant, dit Francis. J'ai peur que quelqu'un nous surprenne.

— Oui, tu as raison, reprenons le même chemin que tantôt.

Avant de sortir de la chambre, je jette un dernier coup d'œil aux meubles. Ma curiosité a pris le dessus sur la peur et j'aurais bien envie de fouiller un peu. Odile doit avoir laissé des photos et des lettres, mais ce n'est pas le moment. Je remarque un bouquet de fleurs sur la table de chevet.

— Vous avez vu, les fleurs sont fraîches…

Nous retournons dans la bibliothèque pour reprendre mon sac à dos. Au moment de sortir, nous entendons un bruit à l'autre étage qui nous fait sursauter et figer sur place.

— C'est probablement un oiseau, dit Francis pour nous rassurer.

Soudain, un homme, le visage caché par un affreux masque et un couteau à la main, nous bloque le passage.

— Alors, on joue au détective et on se mêle de ce qui ne nous regarde pas ? Donnez-moi cette enveloppe ! dit-il.

— Qui êtes-vous ?

— Tu es vraiment trop curieuse, petite.

— Mon père est policier, il vous enverra en prison ! s'écrie Francis.

L'homme lève le bras et menace Francis.

— Un mot de tout ceci à qui que ce soit, mon garçon, et ça va aller très mal pour votre nouvel ami. Il est déjà délicat de santé…

Un détail attire alors mon attention.

— Ne faites pas de mal à Mathieu. On ne dira rien, dis-je en m'avançant vers lui. Tenez. Prenez l'enveloppe.

L'intrus prend l'enveloppe et la glisse rapidement dans sa poche. Il recule jusqu'à la porte et s'enfuit. Avant qu'aucun de nous ait pu réagir, nous entendons une clé tourner dans la serrure. Francis se précipite vers la porte qu'il frappe à coups de poing.

— Dommage qu'on ait laissé Boff à la maison aujourd'hui. Belle erreur ! dit-il.

— J'ai peur, dit Annie.

Nous essayons de trouver une autre issue mais sans résultat. Nous sommes coincés dans la bibliothèque. La fenêtre est beaucoup trop haute pour penser à sauter.

— Au secours ! À l'aide ! crie Francis en tapant dans la porte.

Avant qu'on remarque notre absence, ça risque d'être long. Papa, maman et Carole sont partis au festival des brocanteurs dans un village voisin et ne reviendront que demain. Quant à Simon, il est avec ses amis et me croit chez Francis.

— Toi, Francis, ton père va bien s'inquiéter ?

— Heu... non, comme je ne voulais pas qu'il pose de questions, je lui ai dit que je dormirais chez toi ce soir.

— Ah ! c'est malin !

— On est bien avancés, soupire Annie. En plus d'être prisonniers, on a perdu la lettre.

— Ça, c'est ce que tu crois, dis-je en brandissant la petite enveloppe adressée à Mathieu. Notre voleur n'a rien d'autre qu'une liste d'épicerie et un billet de dix dollars que ma mère avait laissés pour moi sur la table ce matin. Je dois rapporter quelques petites choses du marché Bonin. Par chance, j'ai un peu d'argent sur moi et je vais quand même pouvoir faire ses achats.

— Bravo ! Ça, c'est un bon coup ! s'exclame Francis.

— Oui, pour autant qu'on puisse sortir d'ici. Notre voleur va rapidement se rendre compte de la supercherie, il risque de revenir fâché d'avoir été trompé.

— Je me demande qui c'était, dit Annie. Ce n'était pas l'oncle Maurice en tout cas, il était beaucoup plus mince. Peut-être son complice?

— Ça ne peut quand même pas être le notaire Rondeau, dit Francis en pouffant de rire.

— Moi, je crois l'avoir reconnu. Vous n'avez rien remarqué?

— Quoi?

— La salamandre sur son poignet. Quand il a levé le bras pour te menacer, Francis, le tatouage m'a sauté aux yeux.

— Paulo! Mais comment pouvait-il savoir...?

— Je ne vois qu'une possibilité, dis-je. Il n'est pas plus sourd ou muet que vous et moi. Il était là hier soir quand on s'est donné rendez-vous. Il va falloir se méfier de lui.

Nous préparons un plan d'attaque au cas où notre imposteur reviendrait. Ensuite, à nous trois, nous déchiffrons le nouveau message. Impossible d'attendre Mathieu cette fois-ci ; le temps presse trop. Bientôt, Francis lit à voix haute :

— « *Je veille personnellement sur l'entrée*
De mon labeur de tant d'années
Là où la pierre est gravée
Il faut bien fort appuyer. »

Francis soulève le portrait de Mme Castonguay en espérant trouver quelque chose derrière, mais il n'y a rien.

— C'est écrit qu'elle veille sur l'entrée. Moi, je pense qu'il faut suivre son regard, suggère Annie.

Elle fait face à la cheminée. Le message parle de « pierre gravée ». Je m'approche et j'observe les pierres une à une.

— Venez voir !

Une colombe est gravée sur la troisième pierre du foyer. Francis m'aide à appuyer fortement dessus. Un grincement se fait alors entendre et le mur pivote sur lui-même, créant ainsi une ouverture sur un passage secret.

— Super ! dis-je en m'élançant vers l'entrée. Il y a un escalier qui descend, mais c'est très sombre. Il faudra revenir avec plus de lum…

— Marika ! attention !

Francis m'attrape par un bras et me tire violemment vers lui. Dans un bruit de craquement, tout se referme et le mur reprend sa place.

— Ouf ! Tu aurais pu te faire écraser, me dit Annie en me serrant fort.

Ébranlée, je remercie Francis. Peu à peu, l'énervement fait place à l'excitation. Cette fois, je crois vraiment que nous sommes proches du but.

— Il va falloir calculer de combien de temps on dispose pour passer et trouver comment bloquer l'ouverture.

En appuyant de nouveau sur la pierre, nous concluons qu'il s'écoule 30 secondes

LE MYSTÈRE DU MOULIN

entre le déclenchement du mécanisme et la fermeture.

— Ce n'est pas beaucoup.

— Il doit certainement y avoir une manière de rouvrir de l'intérieur.

— La seule façon de le savoir, dit Francis, c'est d'y aller. Prête-moi ta lampe, Marika. Vous n'aurez qu'à me faire sortir si je ne trouve rien.

Il franchit l'entrée du passage secret et disparaît.

— Et puis ?

Sa voix nous parvient à travers la bibliothèque.

— L'escalier aboutit devant une porte. Il y a deux chandeliers fixés au mur. Ça prendrait des allumettes. Hé ! qu'est-ce que je vois ! Ah ! merde ! Outch !

— Francis ? Francis ! Il ne répond pas, s'énerve Annie.

Ensemble nous essayons de faire fonctionner le mécanisme, mais rien ne se passe. Nous commençons à paniquer.

Soudain, le mur pivote à nouveau et notre ami réapparaît, une plaie au milieu du front.

— Francis, tu es blessé! constate Annie.

— Ce n'est rien. J'avais aperçu un levier sur le mur avec un genre de compteur ou de minuterie tout près. En essayant de l'atteindre, j'ai échappé la lampe de poche et me suis retrouvé dans le noir. C'est là que je me suis bêtement assommé et comme je saignais, je crois que j'ai perdu la carte quelques instants. Après je vous entendais vaguement, mais je me concentrais pour retrouver la clenche. Quand je l'ai abaissée, le mur a pivoté de nouveau.

— Moi, en tout cas, prévient Annie, vous ne me ferez pas descendre dans cet escalier si on ne bloque pas l'entrée. Je ne me fie pas à ce vieux mécanisme.

— Tu as raison. On pourrait peut-être entasser dans l'ouverture quelques-unes des bûches qui se trouvent près du foyer.

— Bonne idée, approuve Francis. Il faudrait d'abord arriver à sortir d'ici et revenir mieux équipés.

Le temps commence à nous paraître long. Nous essayons d'attirer l'attention en criant par la fenêtre, mais nos efforts restent vains.

— Il est déjà midi. Ça fait des heures qu'on est ici, constate Annie.

— J'ai faim ! se plaint Francis. Je mangerais même de ta cuisine, Marika.

— Très drôle. Moi aussi je suis... chut ! j'ai entendu du bruit, dis-je en chuchotant. Quelqu'un vient.

Méfiants, nous n'osons pas bouger. À cet instant, un déclic se fait entendre dans la serrure. Cachés derrière la porte, nous retenons notre souffle, prêts à mettre notre plan d'attaque à exécution. Nous attendons le bon moment pour réagir. Armés d'un chandelier, d'un balai à foyer et d'une bouteille, nous sommes prêts à assommer l'intrus. En effet, nous sommes certains de voir réapparaître l'homme masqué. La porte de la bibliothèque s'entrouvre. Après quelques secondes, nous avançons. Il n'y a personne. Seulement une note par terre.

Vous risquez d'avoir des ennuis. Donnez la lettre au notaire.

— Si ça continue, je vais vraiment commencer à croire aux fantômes, s'exclame Francis.

Nous sortons rapidement et courons jusqu'à la route. Nous nous arrêtons pour reprendre notre souffle.

Tiens, d'ici nous voyons bien le chalet de Mme Quentin, au fond du terrain. Elle est à l'extérieur. Elle semble revenir d'une promenade avec son chien. Cette femme m'intrigue.

L'héritage
de Mathieu

Il n'y a plus une minute à perdre. C'est demain la date limite. Il faut absolument prévenir Mathieu et retourner au moulin. Sinon, après la lecture du testament chez le notaire, Maurice fera ce qu'il veut de l'héritage et tentera de se débarrasser de Mathieu puisqu'il est son tuteur légal. Nous sommes bien excités à l'idée de trouver enfin le fameux trésor de Mme Castonguay. Cette fois, Boff nous accompagnera.

— Si tout se passe bien et qu'on trouve l'héritage de notre ami, il faudra aller tout raconter aux policiers au sujet de l'oncle Maurice puis se rendre avec eux chez le notaire Rondeau, commente Annie.

— Parfait. Divisons les responsabilités entre nous. Toi, Francis, va chercher Boff, des allumettes et une lampe de poche. Annie, passe au chalet laisser une note pour que nos parents sachent où nous trouver s'il y avait un autre problème et prends aussi la lampe qui est dans l'entrée. Moi, je file chez Mathieu. Cette fois, il doit venir avec nous. Rendez-vous au moulin dans une heure. Il vaut mieux y aller par le sentier qui longe le lac, c'est plus discret. Et surtout, attention à Paulo.

Je suis chanceuse, la camionnette n'est pas dans l'entrée et mon ami lit, assis sur les marches. Je m'empresse de lui faire part de notre dernière découverte et de lui remettre la nouvelle lettre déjà ouverte.

— Ma grand-mère m'a mentionné un jour un passage secret dans la bibliothèque, me dit Mathieu, mais je n'ai aucune idée de l'endroit où il mène.

— On est proches du but, mais cette fois, tu dois nous accompagner. Viens, les autres nous attendent au moulin.

Tout à coup, Mathieu semble nerveux et je vois dans son regard une expression de panique. Je n'ai pas le temps de réagir, je me sens agrippée par derrière. D'une main, Maurice arrache l'enveloppe à Mathieu et de l'autre, il me retient fermement par le bras. Il me fait mal.

— Tu as joué un vilain tour à mon copain ce matin, mais avec moi ça ne marche pas. Des petites senteuses comme toi, ça me dérange.

Je me débats pour me libérer, mais je n'ose pas crier. Ce n'est pas le temps d'ameuter les voisins, il faudrait donner trop d'explications. Alors je joue le tout pour le tout et je mords de toutes mes forces dans les doigts qui me retiennent. L'homme lâche prise quelques secondes en jurant, ce qui me permet de prendre la fuite. À ce moment, Paulo arrive dans l'entrée au volant de la camionnette.

— Arrête-la ! lui crie Maurice.

Mais je suis déjà de l'autre côté de la haie. Je dois absolument rejoindre Annie et Francis, nous avons perdu assez de temps. Dans un des sentiers près du lac, j'aperçois Mme Quentin qui me semble pressée elle aussi. Elle m'interpelle, mais il n'est pas question que je m'arrête. Cette femme est aussi louche que les autres.

À bout de souffle, j'arrive au moulin.

— Mon Dieu, Marika, as-tu croisé le fantôme ? Tu devrais voir ton air, s'exclame Annie.

— Pire que ça ! dis-je en leur relatant rapidement ma mésaventure. Et maintenant, Maurice a l'enveloppe qui contient le troisième message et il sait qu'on est au moulin.

— On n'a plus une seconde à perdre, dit Francis. Annie, cours avertir mon père et dis-lui que Mathieu est en danger.

Francis et moi nous nous empressons de rouvrir le mur et d'en bloquer l'ouverture avec des bûches. À l'aide de nos lampes de poche, nous éclairons un étroit escalier qui descend de quelques marches et aboutit devant une porte verrouillée. Je sors la petite clé dorée et la glisse dans la serrure. Un déclic se fait entendre. Nous nous regardons tous les deux avant de tourner la poignée. Je pousse lentement la porte et reste bouche bée devant le spectacle qui s'offre à nous.

— Wow! Voilà donc l'héritage de Mathieu C. Bell!

La pièce est remplie d'objets d'art et d'antiquités. Statuettes, vases, poupées de porcelaine se côtoient sur des tablettes avec une description détaillée de chaque objet et de sa provenance. Sur un des murs, on peut voir plusieurs tableaux anciens. Dans le fond de la pièce se trouve un bureau qui daterait du XVIe siècle, selon le petit carton explicatif, et sur le dessus trois coffrets contiennent des bijoux tous plus beaux les uns que les autres ainsi que la fameuse page manquante du testament.

Un bruit nous fait sursauter.

— Petite fortune, n'est-ce pas?

Maurice vient d'entrer dans la pièce en poussant Annie et Mathieu devant lui.

— Désolée, je n'ai pas eu le temps de me sauver, articule péniblement Annie en fondant en larmes.

— Grâce à vous, je récupère l'héritage qui aurait dû m'appartenir et je n'ai même plus besoin du petit morveux pour y arriver, ricane l'oncle. Vous avez fait tout le travail pour moi et je n'ai eu qu'à vous suivre. Et avant qu'on vous retrouve ici, je serai déjà riche et loin. Bon, dit-il en nous lançant trois gros sacs de toile, vous allez m'aider à les remplir avant que je vous enferme et tâchez d'être obéissants pour qu'il n'arrive pas malheur à votre jeune ami.

Mon cerveau tente du mieux qu'il peut de trouver une solution et Francis me jette un regard impuissant. Boff lèche les mains de Mathieu en branlant la queue.

— Ha ! Ha ! Ha ! Plus personne pour entraver mes projets ! se réjouit Maurice, qui semble se parler à lui-même.

— Tu te trompes, petit frère !

Mme Quentin se tient debout dans la porte.

— Moi, je m'oppose à tes projets, continue-t-elle en enlevant lunettes, chapeau et perruque. Je t'accuse de tentative de meurtre, d'enlèvement, de fausse déclaration et j'en passe.

— Maman! s'écrie Mathieu en s'élançant vers elle.

Maurice semble voir un fantôme tellement il y a de l'incrédulité dans ses yeux. Comme il fait un mouvement pour agripper le garçon au passage, Boff, que je ne croyais pas capable d'attraper une mouche, s'élance d'un bond et saute sur Maurice en lui mordant le bras. L'homme crie de douleur en s'effondrant sous le poids du gros chien. Deux policiers, dont le père de Francis, entrent à leur tour et menottent solidement Michel Legrand qui serre les poings. Cette fois, c'en est fini de l'oncle Maurice!

— Merci d'être venus si vite, dit Marie-Jeanne Castonguay aux policiers tout en embrassant son fils avec tendresse.

Je m'approche d'elle, car j'avoue ne plus rien comprendre.

— Mais vous n'êtes pas… dis-je en hésitant.

— Morte? Eh non! Bien qu'il s'en soit fallu de peu. Mais je m'en suis tirée. J'ai souffert quelque temps d'amnésie temporaire à cause du choc. Mon mari a été plus blessé que moi et est encore en convalescence, mais il s'en remettra lui aussi.

— Mais où est-il? s'enquit Mathieu.

— Au Mexique, où l'accident a eu lieu. Il sera ici dans quelques jours. Dès que ma mémoire est revenue, j'ai contacté ma mère afin de retrouver Mathieu. Mais avant de me montrer, je devais prouver que notre accident d'avion était dû à un sabotage prémédité par Maurice Leconte. Au début, je ne connaissais pas sa véritable identité moi non plus, ni son motif. J'ai probablement fait les mêmes recherches que vous. Je devais laisser agir l'oncle Maurice jusqu'au bout pour arriver à le coincer et l'envoyer à l'ombre pour de bon. Comme il avait essayé de nous éliminer, mon mari et moi, et qu'il s'est fabriqué de faux papiers pour avoir la garde de Mathieu, je m'inquiétais pour ma mère et avec raison. Maurice l'avait déjà contactée et lui avait fait des menaces. C'était terrible de ne pas pouvoir parler à Mathieu, mais je savais que tant qu'il n'aurait pas son héritage, Maurice ne lui ferait pas de mal. Je me rendais régulièrement au moulin et les rumeurs de fantôme éloignaient les curieux. Sauf vous ! C'est d'ailleurs moi qui vous ai déverrouillé la porte ce matin. Vous feriez de bons détectives !

— Le rideau, la lumière, je comprends tout ! m'exclamai-je. Mais pourquoi Boff a-t-il cessé d'aboyer ? Il vous connaissait ?

— Non, pas moi, mais son vieil ami Jules à qui il venait rendre visite régulièrement. Après la mort de ma mère, j'ai sauvé Jules de justesse de la fourrière où Maurice l'avait envoyé. J'ai dû le raser et le teindre. Il a bien joué son rôle et pouvait se promener avec Mme Quentin sans qu'on le reconnaisse.

— C'est pour ça qu'il était content de me voir quand on vous a croisée.

— Eh oui. Ma mère et Mathieu avaient une complicité assez particulière. Elle a toujours aimé lui inventer des énigmes à résoudre ainsi que des codes secrets. Par contre, elle et moi avions eu quelques différends par le passé et je n'avais pas grand contact avec elle ces dernières années. Quand elle a su que j'avais survécu, elle était très heureuse et croyait qu'on pourrait enfin se réconcilier. Elle m'avait glissé un mot à propos de Michel Legrand, de l'énigme et de l'héritage de Mathieu et devait tout m'expliquer. J'avais très hâte de la revoir, mais elle est décédée deux jours avant mon arrivée ici. J'ai eu beaucoup de peine et j'avais peur de ne pas trouver les réponses à toutes mes questions. Les explications se trouvent dans la partie scellée du testament chez le notaire Rondeau.

Épilogue

Que contenait cette mystérieuse enveloppe scellée ? Eh bien, Mme Castonguay y expliquait comment se rendre dans la fameuse pièce secrète du moulin et donnait un tas de détails sur la provenance de tous ces objets anciens. Il y avait surtout le plus beau message de tendresse qu'une grand-mère puisse écrire à son petit-fils. Nous étions tous émus quand Mathieu nous l'a lu à voix haute.

L'autopsie a finalement confirmé que Mme Castonguay était morte d'un arrêt cardiaque. Comme elle était déjà fragile de ce côté, son cœur n'a pas résisté aux menaces de Michel Legrand et à la pression causée par sa visite le matin du 29 mars, jour de sa mort.

Le notaire Rondeau jouait un double jeu. Il était de connivence avec Mme Quentin, la mère de Mathieu, et jouait aussi le rôle de complice de l'oncle Maurice et de Paulo. Il voulait réussir à les coincer tout en veillant sur les intérêts de Mathieu. Il a bien joué son rôle, car je le croyais vraiment coupable.

M. Rondeau a toujours eu un faible pour Odile et aurait fait n'importe quoi pour lui rendre service et lui plaire. Ai-je besoin de vous dire qu'il en voulait à la famille Legrand? Au père, pour avoir volé le cœur d'Odile et au fils pour avoir causé sa perte. Il est très content de savoir Michel maintenant derrière les barreaux de même que son complice Paulo, déjà bien connu des policiers qui le surnommaient «le caméléon» vu son habileté à changer de déguisement et d'identité.

Mme Gendron en a maintenant long à raconter aux touristes. Pour elle comme pour les autres habitants de Val-du-Lac, Odile Castonguay est à présent une idole de qui ils parlent avec fierté. Dommage qu'il n'en ait pas été ainsi de son vivant.

Mathieu a retrouvé ses parents et son sourire. La santé de son père s'améliore de jour en jour. Pour le reste de l'été, ils ont emménagé dans le moulin... et ont un beau projet : en faire un musée !

Table des matières

Dans la même collection